KB073436

그대 만나러 가는 길

그대 만나러 가는 길

초판 1쇄 인쇄일 2022년 11월 15일
초판 1쇄 발행일 2022년 11월 25일

지은이 김효수
펴낸이 양옥매
디자인 표지혜 박예은

펴낸곳 도서출판 책과나무
출판등록 제2012-000376
주소 서울특별시 마포구 방울내로 79 이노빌딩 302호
대표전화 02.372.1537 **팩스** 02.372.1538
이메일 booknamu2007@naver.com
홈페이지 www.booknamu.com
ISBN 979-11-6752-219-1 (00810)

그대 만나러 가는 길

김효수 시집

책과나무

추천사

김효수

'1963년 전북 군산에서 태어남'

나는 이 말이 좋다

긴 겨울밤 동치미를 꺼내는 기분이다

김효수는 그런 사람이다

그래서 나도 처음엔 김효수 씨 했다가

그가 공들여 시를 써 가는 것을 보고

효수 시인, 이렇게 부른다

그는 1963년에 군산에서 태어났다
추천 등단 이런 것은 해 보지 않고
무밭에서 순무가 자랐다

요즘 보면 연보에도 자기 출생년도를 숨기는 사람이 있고
활동 사항만 미어지게 기록하는데
아직 갈 길이 먼데 처음부터 꽉 막아 버리는 사람이 있다

나는 그런 거 비난할 입장은 아니지만
시집을 내고 싶으면 큰 종이를 썰어 꿰매서라도 시집을
만들어 내는 열의를 가져야 한다
김효수 시인은 그러고도 남는 사람이다

2022 가을

이생진

머리말

울퉁불퉁한 인생길에
흐르는 땀 닦으며 쉴 때
거센 바람에 더 가지 못하고
언덕 아래 움츠려 숨 고를 때
하나둘 알게 된 시란 친구
용기 내어 알리고 싶다

내세울 것도 하나 없이
모난 구석도 있는 친구지만

조그만 소원이 있다면
외로워 비틀대는 가슴에
절망에 쓰러지는 가슴에
한 가닥 희미한 빛으로
찾아가는 친구면 좋겠다

2022년 가을

김효수

초행길에 함께하여 주신

이생진 시인님

김명옥 시인 화가님

지인분들께

이 자리를 빌려 감사드립니다

김효수 올림

차례

1부 **차가운 바람이 분다**

2부 그리운 사람

3부 나도 모르는 사이에

4부

이럴 줄 알았더라면

1부

차가운 바람이 분다

깊어가는 밤 잠들지 못하고 뒤척일 때마다
가슴 깊은 곳에서 차가운 바람이 불어온다

어머니

눈이 쌓인 무덤에 무릎 꿇고 손으로 눈을 긁어내리며

한이 섞인 목소리로 흐느껴 울며 어머니 보고 싶어요

이제야 철든 자식이 콧물 눈물로 목청껏 외칠 때마다

찬 바람이 매섭게 달려와 사정없이 뺨을 때리고 간다

한참 동안 정신없이 몸뚱이 떨리게 뺨을 맞은 자식은

어머니 살아계실 때 모습 떠올리며 마구 가슴을 친다

망나니짓 할 때마다 속 문드러져도 품어 주신 어머니

남에게는 내 아들보다 착한 애는 없다고 하신 어머니

아버지 젊어서 보내시고 오직 자식 보고 사신 어머니

그렇게 살아오신 어머니에 웃음 한 번 드리지 못하고

이제야 철이 들어 눈이 쌓인 무덤 손으로 긁어내리며

목청껏 외친다 불효한 자식 어머니 보고 싶어 왔어요

이생진 시인님 보며

나이 지긋하신 시인님 섬에 가신다
뚜벅뚜벅 큰 배낭 어깨에 짊어지고
통통한 시 한 마리 잘 낚아 보시려
꿈이 많은 아이처럼 섬으로 가신다

이번에는 꼭 손에 잡고야 말겠다는
의욕이 가득 채워진 얼굴을 앞세워
세월이 더 흐르기 전에 이루시려고
배에 몸 싣고 사람 없는 섬 가신다

보는 사람 다 놀라 입 딱 벌어지게
시 한 마리 크고 멋진 놈으로 낚아
시에 굶주려 살아가는 세상 사람들
배불리 먹이시려 오늘도 섬 가신다

삶

우리는 언제까지 살 수 있는지도 모르고 살아가는 삶이라

누구에게 확실한 약속도 제대로 못 하는 존재로 살아간다

그러니 지나간 일을 되새기며 후회한다는 건 너무나 늦다

그렇다고 아직 오지 않은 미래를 걱정하기엔 너무 빠르다

험난한 세상에 오늘을 무사히 살아가기 위하여 헤쳐갈 일

아무리 계획을 잘 세우고 땀으로 적시어도 빠듯한 삶이라

짝사랑 1

허전함 달래려고 바람에 뒹구는 낙엽처럼 길을 걷는데
고운 얼굴에 걸을 때마다 코스모스처럼 하늘대는 여인
멍하니 바라보다 사랑에 빠져 보쌈으로 마음에 들였네
순간 아무도 모르게 벌어진 일이라 평소처럼 지내는데
만나는 사람마다 무슨 일이 있냐고 한결같이 물어보네
왜 그렇게 물어보는가 생각하니 우울하게 살던 마음이
요즘엔 가만히 있어도 저절로 웃음꽃이 터져 나오는지
아니면 마음이 하늘의 구름이라도 타고 다니는 것인지
갑자기 어려움에 휩쓸려도 태연히 콧노래 부르며 사네

내 것

이 세상에는 영원히 내 것이라곤 하나도 없는데

어찌 나는 땀으로 욕심껏 쌓아놓고 살려 하는가

사람으로 태어나 항상 똑똑하게 사는 것 같아도

알고 보면 부질없는 것에 세월만 보내고 있구려

연을 날린다

나뭇가지 흔드는 바람에 꽃봉오리 몸 가누지 못하는 날
그대를 만나 아름다운 시간 보내고 싶은데 그러지 못해
가슴을 답답하게 누르고 있는 그리움 꺼내 연을 만들고
마음으로 연실을 뽑아 뒷산에 올라 바람에 연을 날린다
연실을 한없이 풀어 구름 너머 사라질 때까지 날렸다가
불안해 연실을 한없이 감아 눈에 커다랗게 보일 때까지
반복해 연을 날리다 보면 언제 시간이 그렇게도 갔는지
서산의 해가 마지막 열기를 토하고 하늘은 붉게 물든다

이 세상

이 세상에 본인의 의지로 태어난 사람이 어디 있겠는가

잠을 자다 놀라서 눈을 떠보니 몸뚱이 존재하고 있는걸

까마득한 인생의 여행길에 잠시 잠깐 스쳐 가는 곳인걸

그러니 어쩌겠는가 어차피 누구나 거쳐 가야 할 곳인데

홀로 있다고 외로워 슬프다고 어디 하소연할 곳 있는가

그저 세월 보내며 머물 때까지 즐겁게 구경하다 가야지

바다

가슴에는 갈매기도 한 마리 보이지도 않는 바다가 살지요

보고 싶을 때마다 남몰래 속으로 눈물 꾸역꾸역 삼켰더니

이러한 사실을 아는 사람은 어디에서도 찾아볼 수 없지요

세상 사람들 욕심껏 사느라 남의 가슴 보려고나 하겠어요

무엇이든 보이는 대로 쌓아놓고 살려고 하루가 바쁠 텐데

그리울 때마다 눈물로 사는 줄 알아도 상관이나 하겠어요

밤

어둠이 검게 내린 밤은 멀리까지 보이지 않아 좋다

체면에 얽매이지 않고 고요하게 보낼 수 있어 좋다

사람 하나 없는 거리 만나는 바람마다 포옹해 좋다

밤에는 떠 가는 달님도 그리운 얼굴처럼 보여 좋다

한숨

어차피 태어난 인생 한세상 보람되게 잘 살아 보려고
땀방울 아무리 흘려도 벅찬지 긴 한숨이 저절로 난다
세월 보내며 산다는 게 사람도 이렇게 견디기 힘든데
힘없는 고양이 돼지 너구리 오리 개는 얼마나 힘들까
아주 작은 바람이 지나가는지 나뭇잎 자꾸 몸 흔든다
지난여름엔 아주 큰 태풍이 큰 나무 쓰러뜨리고 갔다
그때 처참하게 쓰러진 나무 보고 깊은 생각에 잠겼다
얼마나 슬픈 한숨이 모여 급히 갔으면 저렇게 됐을까

비 내리는 날

근심이 떠도는 마음처럼 하늘에 먹구름 일더니

요란한 천둥에 번갯불에 하염없이 비가 내린다

창가에 앉아 쏟아지는 비를 바라보며 생각한다

하늘은 근심거리 무거울 때마다 세상에 푸는데

나는 어디에서 누구를 만나 시원하게 풀어볼까

세월은 흐르고 몸뚱이는 볼품없이 늙어 가는데

어쩔 것인가

부모님 딸 셋 보고 아들이 태어나 기쁘다고 하셨는데
성장한 아들은 부모님 살아계실 때 효도 한번 못하고
살림에 보탬이 되지도 않는 시에 빠져 세월을 보내니
아무 도움 되지 않는 사람들 뒤에서 바보라 쑤군대다
가진 것 없어 처량하게 떠돌며 평생 살아간다 하여도
어쩔 것인가 시가 있기에 아등바등 이 세상 버티는걸

차가운 바람이 분다

깊어가는 밤 잠들지 못하고 뒤척일 때마다
가슴 깊은 곳에서 차가운 바람이 불어온다
그리운 그대 전화 받고 헐레벌떡 달려가니
마음에 드는 남자 만났다고 우리 끝내자고
냉정한 말에 하늘도 힘없이 무너지는 순간
가슴에 깊이 뿌리를 내리고 살아가는 그대
빠져나간 자리에 아주 큰 동굴이 생기더니
잠들지 못하고 뒤척일 때마다 바람이 분다

세월 1

어머니 아버지 품에 안겨서 날마다 즐겁고 행복하게 살다
부모님 걱정스러운 눈으로 곁을 떠나신 지 엊그제 같은데
어느덧 내가 믿어지지 않지만 어머니 아버지 모습이 되어
걸어온 인생길 돌아보니 세상에 내세울 것은 하나 없는데
탱탱한 이마는 거친 세월 비껴가지 못했는지 주름이 깊고
곧고 바르던 허리는 가을날 잘 익어가는 벼처럼 굽었구나

빗방울

사람 소리는 하나도 들려오지 않는 깊은 밤
차가운 바람이 잠시 쉬지도 않고 떠도는 밤
무슨 한이 있길래 그 어디에도 풀지 못하고
빗방울 셀 수 없이 창에 산산이 부서지는가
잠도 오지 않는 밤 처참하게 울부짖는 소리
귀 때릴 때마다 감당하지 못해 가슴도 운다

사랑 1

죽지 못해 살아가는 내가
우연히 널 바라보는 순간
사랑에 취하여 눈이 멀고
가슴도 붉게 물이 들었다

세상살이

참 세상살이 야속하다

부모님 고생 끝내시고

남은 인생을 즐기려다

자식들 두고 떠나시니

효도를 못한 자식들은

차가운 부모님 붙잡고

눈물을 흘리며 말한다

이제부터 편히 모시고

용돈도 드리려 했는데

이렇게 빠르게 가시면

앞으로 우리는 누구를

효도하며 살아 가냐고

땀을 흘린다

울다가 눈을 뜨고 세상에 태어났다는 걸 알았다
살아가는 동안 먹고 살기 위하여 이른 아침부터
어두워진 밤까지 잠시도 쉬지 않고 땀을 흘린다
이렇게 세월 보내다 언젠가 목숨이 다해 죽어도
세상은 아무 일도 아닌 듯이 태연하게 가겠지만
난 오늘도 자신에 부끄럽지 않으려 땀을 흘린다

여름날

시원하게 바람도 한 점 스쳐 지나가지 않는
오후 두 시에 태양이 세상을 뜨겁게 달군다
먼 옛날에 사랑도 전혀 모르고 살던 시절에
그대 보는 순간 얼굴 뜨겁게 붉어진 것처럼

풀벌레 소리

깊어가는 밤 홀로 보내려니 가슴이 허전해
잠들지 못하고 저 멀리서 은은하게 들리는
풀벌레 소리 몸뚱이 뒤척이며 귀 기울인다
혹시나 그대가 나를 애타게 부르는 소리도
희미하게 풀벌레 소리에 섞여 있는가 하여
하얗게 날이 새는지도 모르고 귀 기울인다

잠이 오지 않는다

잠이 좀처럼 오지를 않는다

밤은 고요히 깊어만 가는데

아름다운 시절의 그 사람이

빈 가슴에 미치게 그리운지

여름밤

한낮에 세상을 붉게 달구던 태양이
서산을 넘어도 열기는 그대로 남아
조금만 움직여도 땀방울 흐르는 밤
사랑하는 사람이 있다면 두 가슴이
달궈진 세상에 후회 없이 타오르다
재라도 되어 바람결에 날리고 싶다

인생 1

점 두 개가 세상을 떠돌아다니다

어느 날 자연스럽게 하나로 살다

가는 세월에 두 개로 흩어지더니

이 세상에서 영원히 사라지는 것

여인

내 몸뚱이 불타오르다 재가 되어도 아깝지 않은 여인

그리움 지나쳐 상사병 걸린다 해도 아깝지 않은 여인

그런 여인을 가슴 깊이 사랑하며 세월을 보내는 나는

갑자기 죽는다고 하여도 세상에 부러운 것 없는 남자

인생길

홀로 쓸쓸하게 걸어가는 모습을 바라보다
둘이서 걸어가는 모습은 아름다워 보인다
무뚝뚝하게 남자끼리 인생길 걷는 것보다
수다스럽게 여자끼리 인생길 걷는 것보다
여자와 남자가 다정하게 서로를 바라보며
걸어가는 인생길은 무척 아름다워 보인다

음식을 먹으며 생각한다

오늘을 견디려 음식을 먹으며 생각한다
나만의 욕심을 채우려고 보내는 것보다
아름다운 일들로 몸뚱이 땀으로 적시길
잠자리에 들어 돌아보다 부끄럽지 않길
날마다 거칠고 험난한 하루를 버티려고
음식을 대할 때마다 후회스럽지 않기를

수군거린다

주변 사람들 어찌 됐든 욕심으로 악착같이 모은 재산
저세상으로 떠날 때 하나도 가져가지 못하는 걸 보고
주변 사람들 누구 하나 눈물 흘리지 않고 수군거린다
남 아프게 모았으면 가져가야지 왜 모두 놓고 가냐고

그대 만나러 가는 길

머리에 무스를 발라 잔뜩 자존심 살리고
사람들 깜짝 놀라게 옷을 멋지게 걸치고
세상에서 제일 아름다운 꽃 만나러 간다
마음도 구름을 걸어가는지 둥둥 떠 간다

인생 2

언젠가는 이 세상에 태어나기 전처럼
어디에도 흔적이라곤 하나 없을 텐데
양심을 쓰레기처럼 아주 멀리 버리고
평생을 욕심으로 산다면 뭐가 좋겠소
언젠가는 이 세상에 생겨나기 전처럼
어디에도 추억이라곤 하나 없을 텐데

인생살이

끈질기게 산다면 백 살 정도 살아가는 인생
길다면 아주 길고 짧다면 한없이 짧은 인생
세월을 보내며 걷는 세상 길 만만치가 않다
숨 쉴 때마다 걱정과 근심이 떠나지 않으니
돈을 많이 가지고 살아가면 많이 가진 만큼
가진 것이 없으면 초라한 만큼 한숨을 쉰다
이리 살아도 저리 살아도 결국엔 고된 인생
다 끝내고 멀쩡한 몸뚱이 흙이 되려고 하니

살기 좋은 세상에 자꾸 억울한 생각이 들어

흰 머리에 힘도 없이 허리 굽은 어른일수록

지팡이 애인 삼아 병원 약국 다니기 바쁘다

할 수만 있다면 어떻게 해서든지 힘껏 버텨

홀로 가는 저세상 길 잠시라도 늦춰 보려고

열대야

소리 없이 내리는 어스름에 밤은 까맣게 깊어가는데
아까부터 이불을 깔아놓고 불러도 잠은 오지 않는다
열대야로 달궈진 몸뚱이 뒤척일 때마다 쉬지도 않고
스멀스멀 기어 나온 땀방울들 축축하게 돌아다닐 뿐

2부

그리운 사람

소리 없이 밤은 까맣게 물드는데
그리운 사람 자꾸 천장에 떠올라

겸손

지금 내가 운명이 다하여 세상을 떠나간다면
가족과 이웃들 몸뚱이 적셔가며 서글퍼할 뿐
세상은 지금처럼 지장도 없이 굴러갈 것이다
그러니 잘난 사람이든 있는 사람이든 누구나
세월 보내며 살아가는 날까지 겸손할 것이다
자연에서 보면 하나같이 모두 하찮은 존재니
잠시 스쳐 가는 여행길에 주변을 파헤치거나
오염되지 않도록 몸뚱이 조심해야 할 것이다

허무

긴 겨울밤 쉬지 않고 거칠게 몰아치는 바람처럼
근심 걱정 잠시도 떠나지 않고 맴도는 세상살이
얼마나 세월 보내며 아름답게 살아갈 수 있을까
자라나는 후손을 위하여 무엇을 남길 수 있을까
종일 땀방울 흘리며 살아온 지난 세월 돌아보니
그 어디에도 떳떳하게 내세울 것 보이지 않는데

명절

자연의 순리에 따라 올해도 어김없이 맞이하는 명절

없이 살아가는 집에서도 구수한 냄새가 가득한 명절

골목에 아이들 뛰어노는 소리가 동네를 흔드는 명절

오래전 하늘나라 가신 부모님 그리워 얼굴을 적신다

이번 명절에도 부모님 아무런 소식이 없어 궁금하다

혹시 오시다가 길을 잃으셨는지 몰라 종일 서성인다

짝사랑 2

따스한 햇볕 내리고 푸르던 나뭇잎 벌겋게 물드는 가을
긴 머리 가녀린 허리 바람결에 살랑살랑 멀어지는 여인
스쳐 갈 땐 쿵쾅거리며 날뛰는 가슴에 벙어리 되었다가
가던 길을 돌아서서 멍하니 점으로 사라질 때까지 본다
이렇게 마주친 날엔 여지없이 그리워 밤까지 꼬박 샌다
조용한 곳에 앉아 무슨 이야기라도 나눈 사이도 아닌데
우연히 본 순간부터 마음이 홀딱 반해서 그러는 것이니
고운 얼굴에 늘씬한 여인 안다고 해도 어쩌지 못하리라
속으로 사랑하며 세월을 보내는 건 법도 어쩌지 못하니

이별 1

사랑하는 사람 붙잡고 매달려도 뿌리치고 가네

비틀거리며 집에 돌아와 멍하니 창가에 있는데

멀쩡하던 하늘이 장대비 쏟으며 세상을 적시고

하염없이 저절로 흐르는 눈물은 몸뚱이 적시네

돈 1

세상에 돌고 도는 돈이라는 것은
있다가도 없고 없다가도 있는 것
남은 세월 욕심껏 쫓아가지 말자
마치 바람을 잡으려는 것 같으니

그리움 2

홀로 이불을 덮고 조용히 잠을 부르는데

잠은 오지도 않고 자꾸 그리움 쌓여간다

깊어가는 밤 보고 싶어서 미쳐버릴까 봐

이불 속에서 아무리 잠을 부르고 불러도

가을밤

차가운 바람 따라 움츠린 낙엽은 어디로 가는가

까만 하늘에 매달인 별들이 선명하게 보이는 밤

커다란 방에 온기를 나눌 사람이 하나도 없구나

비틀대는 세상 살아갈 날은 아직도 남아 있는데

생각

지금도 그 생각하면 얼굴에 두 줄기 눈물이 흐르지
다정한 그대가 차가운 바람처럼 날 두고 떠나던 날
파란 하늘은 산산이 부서져 가슴에 꽂히는 것 같고
멀쩡한 땅은 지진이 났는지 날 삼키려는 것 같았지
그댄 참 좋은 사람 만나 달콤한 행복 찾아갔겠지만
내 마음은 그대를 잃은 충격에 미친 사람이 되었지
봄이 오고 세상에 꽃이 피어도 아름다운 줄 모르지
그저 아무 의미도 없이 흘러가는 세월에 늙어갈 뿐

세상

남보다 더 물질을 모으려고 발버둥 치는 세상
나만 잘났다고 한껏 세월을 보내고 싶은 세상
결국에는 가져갈 것이 없다는 걸 뻔히 알면서
사는 날까지 주름을 그리며 땀을 흘리는 세상

추억을 꺼내다

벼랑 같은 세상 살아가다 절망에 빠졌을 때

친하게 지내던 사람들 하나 보이지 않을 때

그 사람 지금 어디에 어떻게 사는지 몰라도

가슴에 접어 둔 추억을 꺼내 하늘에 펼친다

사랑 2

숨이 턱에 차도록 가슴을 태우며 사랑을 나누고 나니
몸뚱이 속에 살아가는 뼈란 뼈는 모두 녹아 버렸는지
몸은 말을 듣지 않고 풀린 눈에 낙지처럼 흐느적댄다
마음은 언제 구름 탔는지 하늘 곳곳 둥둥 떠다니는데

세상의 것들

언제 죽을지 전혀 모르고 살아가는 사람들
물질 명예 권력을 위하여 욕심껏 살아간다
잠시 세상 떠돌아다닐 때 필요한 것들인데
죽으면 모든 것이 낙엽처럼 날아갈 뿐인데
조금 더 차지하려고 세상 살아가는 날까지
양보도 이해도 없이 진흙탕 싸움질을 한다

마음

사랑을 잃어버리고 의미 없이 세월 보내는 마음이
아무것도 살아갈 수 없도록 황폐해진 가슴 속에서
눈물 흘리다 바짝 움츠린 낙엽처럼 바람 따라간다
사연도 많은 이 세상에서 전혀 모르는 저세상으로

세월 2

언제나 한결같이 소리도 없이 흘러가는 세월

살려고 몸뚱이 하나로 버티며 따라가다 보니

갈수록 늘어나는 것은 가슴에 근심 걱정이고

늙어가는 몸에 한없이 주름살 그릴 뿐이구려

나뭇잎

여름에 뜨거운 태양에도 견디며 푸르게 살아가던 나뭇잎

가을에 조금씩 벌겋게 물들더니 차가운 바람에 떨어지네

나의 인생도 나뭇잎처럼 떨어져서 뒹굴다 흙으로 되겠지

언젠가는 세차게 몰아치는 세월의 바람에 버티지 못하고

태양

태양은 날마다 활짝 웃는 얼굴로 하루를 연다

구름이 가려도 보이지 않을 뿐 뒤에서 웃는다

태양은 아무 걱정도 없는지 늘 바보처럼 산다

수시로 변하는 나 태양처럼 살아갈 수 없을까

먹고 살기 위한 생존경쟁 치열한 이 세상에서

모든 것을 비우고 바보처럼 살아갈 수 없을까

돈 2

재별 회장님을 하늘나라 사자가 오더니 끌고 갔다고
통곡하는 가족들 모습과 함께 연거푸 뉴스에 나온다
하늘나라는 이 세상처럼 뇌물도 전혀 통하지 않는지
재별 회장님 엄청나게 돈을 쌓아놓고 하늘나라 갔다
서민들은 먹고 죽으려고 하여도 없어 서럽게 사는데

떠나면 그만인 것을

빈 몸뚱이로 떠나면 그만인 것을
아직 가지 못하고 살아가다 보니
돈에 양심을 팔며 세월을 보낸다
날마다 욕심에 지고 사는 삶이라

그리운 사람

몹시 피곤한테 잠이 오지 않는다
소리 없이 밤은 까맣게 물드는데
그리운 사람 자꾸 천장에 떠올라
멀쩡한 이불만 귀찮게 뒤척일 뿐

외로움 1

사람은 태어날 때 주먹을 쥐고 하늘이 찢어지게 운다
이 세상에 대하여 안다는 것은 하나도 없는 핏덩이가
저절로 느낀 육감에 깜짝 놀라 정신없이 우는 것이다
쉬지 않고 몰려오는 외로움 홀로 감당할 힘이 없기에
이 세상 태어난 순간부터 눈물로 세월 보내는 것이다

오솔길

찬 바람이 불어오는 늦가을 추적추적 비가 내린다
나무마다 벌게진 잎 빗물에 겨워 우수수 떨어진다
언제나 다정하게 산새 소리 들으며 걸었던 오솔길
떠난 그대 생각에 가슴을 달래려고 홀로 찾았는데
찬 바람이 불어오고 비가 쏟아지고 나뭇잎이 진다

추억 1

몸뚱이 으슬으슬한 걸 보니 바람이 제법 차갑다

그대와 눈사람 만들던 겨울이 가까이 왔나 보다

허공에 아무도 모르게 아득한 시절 떠올려 본다

돌아갈 수 없기에 몰려온 그리움에 가슴이 운다

까만 밤

밤이라 그런지 창밖에 어둠이 소리 없이 까맣게 몰려왔다

나의 조그만 방에 전등이 꺼지길 간절하게 기다리고 있다

아침부터 종일 일에 시달리다 보니 피곤해 지친 몸인데도

가슴에 있는 그리운 사람 사진을 꺼내 멍하니 바라보는데

산

높은 곳에서 낮은 곳까지 벌겋게 물들어가는 산
한땐 내 가슴도 저렇게 뜨거운 불길에 휩싸였다
그땐 세상에 부러운 사람도 하나 보이지 않았다
가만히 있어도 가슴이 화산처럼 터질 것 같았다
지금은 사랑이 지고 나서 싸늘하게 식은 가슴이
눈 내리는 겨울 벌거숭이 나무처럼 살고 있지만

이 밤

지난 일이라 잊으려 하여도 잊을 수 없는 사람
철없던 시절 내 가슴 가을 산처럼 물들인 사람
소리 없이 깊은 이 밤 잊으려 몸뚱이 뒤척여도
잊지 못하고 가만히 있는 베개 촉촉이 적실 뿐

낙엽

그대 가을 하늘에 떠오를 때마다 눈물 떨구는 나처럼

찬 바람이 지나갈 때마다 눈이 내리듯 쏟아지는 낙엽

바싹 말라 움츠린 몸으로 어디를 가려고 뒹구는 걸까

마치 잊지를 못하여 정처 없이 방황하는 내 모습처럼

아침

창밖을 보니 아침이 오는지 밝아지고 있다

그대 그리워 피곤한 몸뚱이 잠들지 못하고

까맣게 몰려온 어둠 연거푸 밀어내다 보니

밤이 꼬리를 감추려고 저 멀리 물러가는지

세월 3

세월은 피곤하지도 않은지 쉬지 않고 간다

내 검은 머리카락들 하얗게 물을 들여가며

내 이마에 강줄기처럼 긴 주름살 그려가며

세월은 오늘도 나를 끌고 저세상으로 간다

왜 거기냐고 거긴 싫다고 눈물로 매달려도

세월은 아주 태연하게 계절을 바꾸며 간다

긴 후회

사랑 잃어버리고 눈물로 살아가는 사람이 긴 후회를 한다

이별이 이렇게 가슴을 찢을 줄 알았다면 하지도 않았다고

하지만 사랑은 간사한 존재라 세월의 약을 먹고 나아지면

어서 사랑이 오길 바라거나 사랑을 찾으려 세월을 보낸다

3부

나도 모르는 사이에

깊어가는 밤 홀로 잠 청하는데
연거푸 눈가에 얼굴이 떠오른다

그럴 때마다 갑자기 바다에 커다란
파도가 치듯이 가슴이 뛴다

후회하면 뭐 하나

속으로 은근히 부러워 시기하는 사람 많았다
가볍게 만나던 너와 내가 언제부터인가 미쳐
아무도 모르게 끌어안고 가슴을 태웠던 시절
홀로 쓸쓸할 때마다 희미하게 바래가는 추억
상하지 않게 허공에 떠올려 시리게 바라보면
가슴에서 솟구친 눈물 촉촉이 얼굴을 적신다
눈물에 얼룩져 번져가는 추억 한참 바라보다
왜 뜨겁게 달궈진 가슴이 싸늘하게 식었는가

이유가 궁금해 생각이 세월을 거슬러 오르니
어느 시점부터 서로 자신의 사랑만 채우려고
욕심부리다 보니 자주 싸워 싸늘했던 것이다
그때 커가는 욕심을 내려놓고 서로의 가슴을
더 뜨겁게 안아주고 이해했으면 좋았을 것을
이제야 뉘우치면서 땅이 꺼지게 한숨을 쉰들
지나간 세월을 잡고 돌아와 달라고 매달린들
희망으로 변하는 일이 단 하나라도 있겠는가

아무리 다시 인연을 맺어보려고 노력을 한들
불쌍히 죽은 자식 미어진 가슴으로 바라보다
깨어나기를 바라면서 고추를 만지는 것일 뿐
이제는 막다른 골목에서 우연히 딱 마주쳐도
모르는 사람처럼 관심도 없이 지나쳐야 한다
가슴이 아프다고 이제 와서 어쩌겠단 말인가
남의 사람이 되어 자식까지 낳고 살아가는데

별과 같은 사랑

길에는 사람이 하나 보이지 않고 바람만 어슬렁거리는 밤
어둠이 두껍게 가리면 가릴수록 별은 더 초롱초롱 빛난다

우리 처음 만나는 순간에 번갯불을 맞아 미쳐버린 눈동자
아무리 숨기려 해도 가슴을 태우는 사랑 얼굴까지 벌겋다

모든 것은 때가 있는 것

죽고 싶다고 소리쳐도 마음대로 죽을 수 없듯이
사랑하고 싶다고 하여 마음대로 사랑할 수 없다
죽음은 이 세상과 저세상 허락이 떨어져야 하고
사랑은 두 가슴이 미쳐 뜨겁게 끌어당겨야 하니
모든 것은 때가 되어야 척척 이루어지는 것이다
모든 일에 인간은 욕심을 채우려고 발버둥 쳐도
일을 맡은 세월은 사정이 딱해도 순리대로 하니
인간은 세월의 마음을 조금도 헤아릴 수 없기에
저세상 홀로 떠나는 날까지 얼굴을 적시며 산다

새벽 두 시

잠에서 깨어나 개운하게 잤다고 생각하여 시계를 보니 새벽 두 시
그리운 사람 꿈에서라도 만나보고 싶어 일찍 잠들었더니 허탕이다
이제 할 일은 멍하니 천장을 바라보며 태양이 밝게 떠오를 때까지
그대와 함께 만들어 가슴에 둔 추억 하나씩 꺼내 펼쳐보는 것이다

인연 1

구름은 바람을 만나 드넓은 허공 평생 떠돌다 사라진다
꽃봉오리는 벌을 만나 평생 달콤한 시간을 보내다 진다
남자는 여자를 만나 평생 뜨겁게 가슴 달구다 사라진다
세상에 사는 모든 생명은 자신에 어울리는 존재를 만나
소중한 것도 아낌없이 주며 행복한 세월 보내길 바란다
살면서 서로에 맞는 짝을 만나 아름답게 살아가는 것은
이 세상에 보이지 않는 인연이란 존재가 모두 만족하게
중매를 척척 참 잘하기에 정까지 말라가는 세상 같아도

모든 생명이 종족을 유지하고 잘 어울려 살아가는 것은
인연이 맺어준 짝은 서로 좋아 사랑하기 때문일 것이다

오늘이 마지막 날이라 생각하고 살자

마음이 생각한 것처럼 세상일이 척척 순조롭게 풀리다가
어디에서 어떻게 잘못됐는지 일이 와르르 무너져 버렸다
허탈감에 축 늘어져 멍하니 허공을 바라보며 실망하는데
근심과 걱정이 떼거리로 몰려와 머리를 사정없이 때린다
정신없이 얻어맞은 머리에 몇 번을 기절하는지 모르겠다
이럴 때일수록 오늘이 마지막 날이라 생각하고 온몸으로
근심과 걱정에 머리가 맞아서 깨지고 피투성이 되더라도
살아가는 날까지는 절대 물러서지 말고 용감하게 싸우자

그렇지 않으면 세상 그 어떠한 일도 마무리할 수 없으니
이 세상에서 오늘이 저세상으로 떠나는 날이라 생각하고
아무런 후회가 없도록 근심과 걱정에 철저하게 대응하여
다시는 머리 주변에서 기웃거리지도 않게 몰아내고 살자

눈물이 날 때가 있다

한세상 살다 보면 저절로 두 줄기 눈물이 얼굴 적실 때가 있다

온 힘을 들여 잘살아 보려고 땀을 흘려도 세상이 등을 돌릴 때

사랑한 사람이 냉정하게 이제 서로 갈 길 가자고 말을 던질 때

사람이 귀한 목숨 하늘에 걸고 위험에 빠진 생명 건져 올릴 때

아주 작고 힘도 없는 동물이 웬만한 사람보다 나은 행동 할 때

살다 보면 말하기가 힘들 때 두 줄기 눈물이 대신할 때가 있다

사람은 사람을 대할 때

사람은 사람을 대할 때 자신을 있는 그대로 바라보지 못한다
그래서 가진 지식보다 더 부풀리고 포장하여 아는 척을 한다
그래서 가진 재산보다 더 부풀리고 포장하여 있는 척을 한다
사람은 숭늉을 마셔도 고기 먹은 척 이를 쑤시는 동물이기에
사람은 곧 굶어 죽어도 체면을 아주 중하게 보는 동물이기에
사람은 사람을 대할 때 얼굴을 가면에 가리고 사람을 대한다
만약 그렇지 않은 사람이 사람과 어울려 이 세상 살아간다면
믿어지지 않지만 아무도 모르게 사람의 탈을 쓴 신일 것이다

고독한 존재

사람은 다른 동물보다 똑똑하여 살기 좋은 세상 만들지만
홀로 있으면 몰려오는 고독을 감당하지 못해 외로워 떤다
그래서 사람은 사람과 어울릴 때 입이 바쁘게 움직이다가
홀로 있으면 입이 고독에서 빠져나오지 못해 말없이 산다
홀로 보낸 시간 많을수록 사람은 자신을 조금씩 알아간다
눈물과 긴 한숨으로 아득한 인생길 걷는 고독한 존재라고

오늘

누가 뭐라고 해도 기죽지 않고 당당하게 오늘을 살 것이다
이 세상 태어나 수많은 세월 보내며 오늘을 살아온 것처럼
큰 실패에 좌절해도 다시 일어나 오늘을 땀으로 살 것이다
지친 몸뚱이 쓰러져 부서지는 한이 있어도 숨 쉬는 날까지

무명 시인

돈이 되지 않는 시에 빠져 살아가다 중년이 되니
주변 사람에 물질로 내세울 게 없어 처량해질 때
속으로 꾹 삼킨 눈물 가슴에 바다 되어 철썩여도
남은 긴 세월 꿋꿋이 버텨 세상 사람에 위로되는
시 한 편이라도 후손을 위해 영원히 남겨 보려고
시인은 또 깊은 밤 잠들지 못하고 사색에 잠긴다

시

어려서 세상이 없는 사람에게 얼마나 독한 곳인가 모르고
당연하게 아버지 어머니 땀방울로 버신 돈으로 살아갈 때
시로 세월 보낸다는 것은 즐겁고 행복한 삶이라 생각했다

나이가 들어서 아버지 어머니 울타리를 떠나니 돈도 떠나
가정을 돌아보며 돈조차 되지도 않는 시로 세월 보내려니
저승에서라도 돈을 가불하지 않고는 삶이 처량할 것 같다

한 줌의 흙

어쩌다가 한 줌의 흙이 인간이란 탈을 쓰고 생겨나
닭 소 돼지의 탈을 쓰고서 생겨난 것을 잡아먹는다
상식적인 선에서 알고 보면 그럴 것도 전혀 없는데
제일 힘이 강한 존재가 힘이 연약한 존재를 돌보며
서로 사는 날까지 어울려 행복한 삶 살아야 하는데
왜냐하면 탈을 쓰고 사는 존재는 영원할 수 없기에
그 언젠가 주어진 시간이 다하여 탈을 벗는 날에는
모두 한 줌의 흙으로 돌아가 형제로 살아야 하니까

세상에 운 좋게 인간이란 탈을 쓰고 생겨났다 하여
모든 생명 배를 채우려 멋대로 잡아먹는 것은 죄다
생각을 하는 인간이면 말하지 않아도 잘 알 것이다
흙이 흙을 먹는 것은 결국에는 형제를 먹는 것이니

유기견

가진 것이라곤 하나도 없는 중년의 여인이
홀로 초라한 집을 아주 구걸하다시피 구해
힘겹게 리어카를 끌고 폐지를 넘긴 돈으로
자신보다 더 형편이 어려운 유기견 돌본다
유기견이 자그마치 백 오십 마리가 넘으니
짖을 때마다 마을 사람들 쫓아올까 무섭고
몸뚱이 바빠도 제대로 챙기지 못해 아쉽다
자기 입은 대충 아무거로나 때우는 듯해도

유기견은 아들딸이라고 늘 정을 쏟고 산다

사람들로부터 없이 산다고 멸시당하더라도

유기견이 신처럼 믿는 여인은 떳떳이 산다

생명은

태어난 순간부터 즐거우나 괴로우나 저승길 향하여 간다
지금은 저승길이 보이지도 않으니 멋대로 세월 보내지만
나이 들어가고 몸뚱이 쇠약하여 병원을 쫓아다니다 보면
눈도 늙어버렸는지 살아왔던 세상은 갈수록 보이지 않고
무조건 떠올리기도 싫은 저승길 조금씩 선명하게 보이니
그때서야 생명은 번쩍 정신 차리고 양심적으로 돌아본다
이 세상에 존재하는 물질이나 권력이나 명예나 사랑이나
내 것으로 만들려고 독하게 욕심부릴 필요까진 없었다고

참

처음에는 순수했을 텐데 이 세상 조금씩 더럽혀지다 보니
어디에도 신용이란 찾아볼 수 없고 곳곳에 거짓이 판친다

농부가 아침부터 정성껏 땀으로 깨를 수확해 기름을 짜면
시장에 이 기름 믿어달라고 병에 참기름이란 상표 붙인다

하루하루 살아가는 수많은 사람 중에 가짜는 얼마나 될까
궁금해하다 난 내 자신에게 묻는다 넌 정말 참사람이냐고

물처럼

사람이 이 세상에 태어나 살아가는 날까지
높은 곳에 오르려고 욕심으로 사는 사람이
평생 낮은 곳을 바라보며 살아가는 물처럼
날마다 겸손하게 물의 정신을 닮아 산다면
사람과 사람이 잘났다고 싸우는 일도 없고
나이가 많든지 적든지 먼저 고개를 숙이니
사람이 욕심을 버리고 평생 물처럼 산다면
웃음꽃 만발한 이 세상 얼마나 아름다울까

낚시

햇볕 따스하게 내리고 하얀 뭉게구름 바람 타고 노는데

하늘에 사는 신들이 지구라는 호수에 모여 낚시를 한다

고기 잡으면 싱싱할 때 회로 먹으려고 초장까지 준비해

긴 낚싯대 곳곳에 펼쳐놓고 고기 잡히길 기다리고 있다

오늘 날씨도 좋으니 사람이든 소든 고래든 개든 돼지든

뭐든지 푸짐하게 잡아 배부르게 돌아갈 수 있길 바라며

흙

언제가 한 줌의 흙으로 돌아가겠지

욕심으로 모았던 모든 것을 두고서

먼 훗날엔 기억하는 사람도 없겠지

지금은 세상에 힘껏 소리쳐 살지만

숨

몸뚱이가 숨을 쉬기에 오늘을 산다

언제까지 숨을 쉴지는 잘 모르지만

그때까지 부끄럽지 않게 숨을 쉬자

살아갈 수 있음에 감사한 마음으로

사랑과 이별

사랑하고 싶을 때는 사랑을 했다가
이별하고 싶을 때는 이별을 한다면
왜 사랑에 웃다가 이별에 울겠는다
사람이 거창한 일 마음대로 한다면

가슴이 울어요

그렇게 매달려도 뿌리치고 떠나는 바람에 이별하고 보니
멀쩡하였던 가슴인데 포탄을 맞았는지 성한 곳이 없네요
가파르고 험난한 세상을 앞으로 어떻게 살아가야 할까요
조그만 바람이 불어도 시린지 장대비처럼 눈물을 흘려요
이렇게 여기저기에 커다란 상처로 얼룩진 가슴을 데리고
어떻게 남은 세월 아무렇지 않게 제정신으로 살아갈까요

추억 2

사랑에 빠져보지 않고 이별에 울어보지 않고 사는 사람이 있겠는가
나이가 들어가니 어쩌다가 혼자일 때 아득히 지나간 시절이 떠올라
갑자기 가슴을 설레게도 하고 멀쩡한 얼굴을 눈물로 적시기도 한다
아직도 잊지 못하는 그 사람 지금은 어디에 살아가는지도 모르면서

눈이 오는 날

멋지게 입고 그리운 사람 만나러 가는데
함박눈 잠시도 쉬지도 않고 펑펑 내리네
눈은 모자에 쌓이고 옷에 하얗게 쌓이네
하얀 세상에 눈사람 하나 걸어가고 있네

초

갑자기 전기가 나가서 어두운 방에 서둘러 촛불을 켠다

제 몸을 태우며 어둠을 몰아내는 초를 보려니 부끄럽다

언제나 마음에 가득히 살아가는 욕심을 저 멀리 버리고

얼마 남지도 않은 세월 초처럼 세상을 밝히며 살아갈까

나도 모르는 사이에

자주 마주치다 보니 나도 모르는 사이에 정이 들어버린 것일까

깊어가는 밤 홀로 잠 청하는데 연거푸 눈가에 얼굴이 떠오른다

그럴 때마다 갑자기 바다에 커다란 파도가 치듯이 가슴이 뛴다

아 이제 어쩌면 좋을까요 나도 모르는 사이에 사랑에 빠졌으니

봄날

눈이 내리는 겨울이 가니 따스한 봄이 왔네

사람들 한 해 농사 준비에 바쁘게 살아가네

화창한 이 봄날 온종일 가슴을 설레게 하는

그 사람의 마음 밭에 사랑 하나 심어야겠네

근심 걱정

아무 근심 걱정 하나 없이 사는 사람이 있는가
가진 것이 있으면 있는 대로 없으면 없는 대로
한평생 근심 걱정에 깊이 빠져 사는 것 아닌가
낯선 저세상 빈 몸으로 가려니 그런 것 아닌가

어쩌겠는가

돈이라고는 전혀 되지도 않는 시를 쓰면서 살아가다 보니
아주 조그만 일에도 돈이 앞서는 세상이라 때로는 서럽다
주변 사람들은 몸은 멀쩡한데 왜 그렇게 사느냐고 말한다
그래도 어쩌겠는가 이미 시의 맛 가슴 깊이 알아버렸으니

후회뿐이다

스쳐 가는 바람에 톡 떨어지는 꽃을 바라보며 추억을 떠올린다
삶의 짐이 무거워 비틀비틀 살다가 저세상에 갈 때가 다가오니
돈 모으려고 집 장만하려고 악착같이 세월 보낸 게 후회뿐이다
이 세상에서 필요할 뿐 저세상엔 그 무엇도 가져가지 못하는데

4부

이럴 줄 알았더라면

어쩌다 이렇게 같은 시대에 그대와 이 세상에 태어나
멀쩡하게 있는 가슴을 찢고 밤새 우는 이별을 하는가

인연 2

사랑에 속아 멀쩡하게 살아가는 가슴 찢는 사람이여

꿈에도 생각하지 않은 이별에 가슴을 찢는 사람이여

어쩌겠소 가슴이 아물어 흉터가 질 때까지 울어야지

세월을 보내며 눈물이 마를 때까지 얼굴을 적셔야지

어쩌겠소 인연이 아니니 언젠가 가야 하는 사람인데

어쩌겠소 인연인 줄 알았는데 운명이 장난을 쳤으니

폭포처럼 쏟아지는 눈물로 다시 돌려놓을 수 없는데

어쩌겠소 서러워도 눈물을 거두고 내 짝을 찾아야지

봄이 왔는가 보다

차가운 바람이 쌩쌩 달리던 들판에
아지랑이 곳곳에 피어나는 걸 보니
겨울이 물러가고 봄이 왔는가 보다
정신없이 땀 흘리는 농부들 손길에
머지않아 들판은 푸른 물이 들겠다
집 울타리는 개나리 노랗게 피겠고
진달래도 산에 벌겋게 불꽃 피겠다

오늘이 마지막 날이라 생각하면

사람은 누구나 영원히 살아갈 것처럼 세상의 것 모으며 산다
이 세상에 오늘이 마지막 남은 날이라 생각하고 삶을 산다면
원수로 지내던 사람도 찾아가 맺힌 매듭을 풀고 이해할 텐데
길을 걷다가 모르는 사람을 만나도 다정하게 인사를 할 텐데
모든 것에 한계가 있어 앞날을 전혀 모르고 멋대로 살아가다
언젠가 다시 흙으로 돌아가는 몸뚱이니 어쩔 수 없는가 보다
국민들은 살든지 죽든지 나라와 나라가 돈 들여 크게 싸우고
이웃과 이웃은 믿지를 못하여 담장을 쌓고 살아가는 걸 보니

사랑의 한계

사람들 이 세상 살면서 할 수 있는 일보다
능력에 한계가 있어 할 수 없는 것이 많다
그래서 깨진 사랑에 잠 못 이룬 밤도 많고
죽기 싫어 힘껏 버텨도 어쩔 수 없이 간다

우리 사랑

이 세상 아무리 변하여도 우리는 뜨거운 사랑을 하다

같은 날 손을 잡고 즐겁게 하늘나라로 가자던 그대여

어찌 날 두고 좋은 사람 생겼다고 냉정하게 떠나는가

곁에 그대 하나 없을 뿐인데 세상이 텅 빈 것 같구나

그대에게 잘못한 것은

내가 그대에게 잘못한 것은 맹세코 딱 하나라는 것
이렇게 넓은 세상에서 그렇게 많고 많은 나라 중에
하필이면 같은 나라에 두 주먹 쥐고 남자로 태어나
그대 허락 없이 내 맘대로 깊이 사랑했다는 것이다
사랑하지 않으려 아무리 애를 써도 어쩔 수 없었다
처음 보는 순간 빛나는 그대의 모습에 눈이 멀었다
그래서 이제부터 그대 두 눈을 의지해 살기로 했다
그러니 부디 그대 내 처지를 이해해주길 빌 뿐이다

나만은

이른 새벽부터 땀을 흘리며 지식을 쌓고 돈을 모으다
거친 세월의 바람에 견디지 못해 몸뚱이 숨 끊어지면
가졌던 것이 없어지고 한 줌의 흙으로 돌아갈 뿐인데
천 년이고 만 년이고 나만은 영원토록 살아갈 것처럼
어찌하여 세상 모든 것에 미쳐 늘 욕심부렸던 것인가
흰머리 늘고 얼굴에 주름 느니 연거푸 긴 한숨뿐이다

누가

누가 이른 아침에 하늘 높이 해를 띄우고 밤에는 달을 띄우는가
누가 세계 곳곳에 높고 낮은 산을 만들고 넓은 바다도 만들었나
누가 낮은 땅에는 꽃을 심고 높은 하늘엔 수많은 별을 붙였는가
누구 힘인지 잘 몰라도 그 엄청난 능력에 입이 저절로 벌어지고
봄 여름 가을 겨울로 변하는 자연을 보고 아름다워 눈이 놀란다
이렇게 세월 보내며 살다 보니 어느새 하얀 머리에 구겨진 허리
정든 이 세상에서 낯선 저세상으로 이사를 할 때가 점점 가깝다

깊은 밤

잠에서 깨어나 눈을 뜨니 보이는 것은 아무것도 없다
아직도 깊은 밤인지 사람 소리는 하나 들리지 않는다
처마에서 쉬지도 않고 물이 떨어지는 소리 들려올 뿐
누가 서러워서 잠도 들지 못하고 눈물을 흘리는 걸까
홀로 넓은 방을 차지하고 밤마다 자주 깨어나다 보니
그 사람도 세상 살아가는 것이 나처럼 외로운가 보다

사랑의 불

늘 다정하였던 그대가 왜 냉정하게 변하여 나를 떠나십니까

날마다 그대를 향하여 사랑의 불은 가슴에 활활 타오르는데

사람들 모르게 속으로 눈물을 삼켜도 불길은 꺼지지 않는데

어쩌면 좋을까요 떠나고 없는데 사랑의 불은 꺼지지 않으니

잘못된 길

잘못된 줄 알고 가는 사람은 사람인 것을 포기한 사람이다

그저 사람의 껍데기 쓰고 살아갈 뿐 짐승보다 못한 존재다

사람은 이성에 의하여 옳고 그름을 판단할 줄 알아야 한다

그렇지 못한 사람은 마음에 사는 선이 악에 짓밟힌 것이다

꿈 1

아주 조그만 시절부터 꿈 하나 가슴에 품고 살았다
중년이 되어도 그 꿈 하나 바라보며 세상을 살았다
세월의 바람이 거칠어질 때 꿈으로 견딜 수 있었다
사는 날까지 이루지 못한다 하여도 꿈을 꾸고 있다
잘 살려고 발버둥 쳐도 마음에 일어설 근육이 없어
서럽게 우는 사람들 시로 찾아가는 꿈을 꾸고 있다

짝

잠에서 깨니 캄캄하다 불을 켜고 시계를 보니 새벽 한 시를 넘어간다
얼른 사람 소리 그리워 노래를 틀어놓고 두 눈을 지그시 감고 듣는다
홀로 산 지 오래다 보내 외로울 때마다 노래를 들으며 마음을 달랜다
가진 것이 하나 없어도 짝과 함께 살아가는 사람이 무척 부러운 새벽
궁금하다 세월을 얼마나 더 보내야 이해하며 살 수 있는 짝을 만날지

경쟁

사는 동안 사람은 치열한 경쟁으로 서로 짓밟으며 최고가 되려고 한다
그런 욕심을 멀리 버리고 서로 웃으며 살아가면 아름다운 인생일 텐데
사람은 체면을 중요하게 여기며 살아가다 보니까 어쩔 수 없는가 보다
이 세상에 머물다가 가는 시간이 꿈처럼 잠깐인데 전혀 아깝진 않은지

갈대 붓

밀어내도 연거푸 밀려오는 그대 생각에 잠겨 물가를 걷다 보았네
수많은 갈대 붓으로 힘차고 부드럽게 허공에 바람이 휘두르는 걸
어떤 내용인지 갑자기 궁금해 길을 멈추고 웅크려 한참을 보았네
그러나 아무리 읽으려고 눈을 비벼도 글씨는 하나 보이지 않았네
답답해 바람에 물어도 아무런 대답조차 없이 허공에 바쁘게 쓰네
자꾸 더 물어보는 것은 바람에 예의가 아니기에 집으로 돌아가네
일을 팽개치고 왜 물가를 거닐게 되었는가 그대에 편지를 쓰려고

중년이 되니

중년이 되니 남은 세월이 얼마나 되는가 궁금하다
그때가지 세상에 부끄럽지 않게 살아갈 수 있을까
어차피 빈 몸으로 고향에 돌아가야 하는 인생살이
이제부터 쉽지 않지만 조금씩 욕심 버리면 좋겠다

인생 3

젊었을 때는 사랑에 미쳐 쫓아다니느라 바쁘게 세월을 보내다
중년에는 물질에 미쳐 종노릇 하느라 정신없이 세월을 보내다
노년엔 병원에 미쳐 찾아다니느라 돌아오지 않는 세월 보내다
결국에는 아무것도 걸치지 못하고 빈 몸뚱이로 사라지는 인생

꽃

홀로 살다 보니 차가운 바람만 맴돌다 가는
시린 가슴에 고운 사람 하나 들였을 뿐인데
늘 찡그리던 얼굴이 한 송이 꽃처럼 피었다
남은 세월 사는 날까지 소원이 하나 있다면
거친 바람 불어도 시들지 않는 꽃이고 싶다

모임

자정이 거의 되어갈 무렵 조요한 방 분위기를 깨고 카톡이 울렸다
이 깊은 밤 웬일인가 놀라서 보니 가깝게 알고 지내는 여인이었다
내일 모임에 몸이 아파서 함께하지 못할까 봐 걱정이 많이 된다고
그래서 약을 잘 먹고 있다고 몸이 웬만하면 꼭 가겠다는 내용이다
남자 둘에 여자 하나 각자 준비한 자작시 낭송하는 작은 모임이다
만약 내일 여인이 몸이 더 아파 참석하지 못한다면 정말 걱정이다
꽃은 없는데 벌 두 마리 모인 격이니 서로가 얼마나 어색하겠는가
잠자리에 들기 전 여인의 회복을 위해 신께 간절히 기도를 드린다

인생 4

구름처럼 생겨 잠시 이 세상 떠돌다 사라지는 인생이
뭐가 잘났다고 아름다운 이 세상을 더럽게 쓰는 건지
얼마나 더 살겠다고 물질에 욕심 버리지 못하는 건지
결국에는 빈 몸뚱이로 저세상 가는 것도 버거울 텐데

생명

태어날 때부터 환영받는 사람은 죽을 때에도 약을 쓰다가 간다
그런데 다른 종으로 사는 소나 돼지나 닭이나 염소는 어떠한가
어디에 아픈 곳도 하나 없이 몸뚱이 멀쩡하게 살아가고 있어도
사람이 허전한 배를 채우겠다는 이유로 무작정 잡는 것 아닌가
어떻게 그럴 수 있는가 모두가 하늘 아래서 똑같은 생명이거늘
나도 사람이지만 사람보다 더 독한 존재는 세상에 없는가 보다

사랑 3

가는 세월에 그대와 맺은 사랑 익혀가며 살아가다 보니
어느새 큰 감나무 가지 끝에서 익은 홍시처럼 되었구려
그런데 한 편으론 하루하루 보낼 때마다 늘 걱정이구려
언젠가는 홍시가 떨어지듯 우리의 사랑도 지고 말 테니

첫사랑

세월에 머리가 희끗희끗한 중년이 되어 걸어온 길 돌아보니
없는 살림에 먹고 사느라 여기저기 얼마나 땀으로 뛰었는지
그 와중에도 제일 힘들었던 것은 선명하게 떠오르는 첫사랑
그 사람도 나처럼 남들이 모르게 나를 생각하며 살아가겠지
이번 생에는 애틋하여도 엎질러진 물이니 어쩔 수 없겠지만
만약에 다음 생이 허락된다면 운명이 아무리 시기를 하여도
목숨을 걸고 흔들리지도 말고 사랑의 꽃 아름답게 피워보자
다시는 같은 하늘 아래에서 그리워하며 세월을 보내지 말자

눈물

생각하면 할수록 서글퍼 몸부림칠 때 참 고마운 눈물이었지
아름다운 추억을 쌓으며 사랑하였던 사람 냉정하게 떠날 때
가슴 깊은 곳에서 잠시도 쉬지 않고 솟구쳐오르는 응어리들
인적 없는 거리 바람처럼 떠돌아다니며 밤을 하얗게 새우며
눈물로 쏟아내지 않았다면 벌써 이 세상 사람이 아니었겠지
한없이 쌓여 부패한 응어리에 가슴이 견디지 못해 죽었겠지

중년

살아온 날은 점점 길어지고 살아갈 날은 점점 짧아지는 중년이 되니

왜 그렇게 아버지 어머니 밑에서 웃으며 자라온 시절이 그리운 건지

용광로처럼 뜨겁던 젊은 시절 꾸었던 꿈은 어디 갔는지 보이지 않고

마음은 무슨 일이라도 벌이고 싶은데 자신 없는지 몸이 꽁무니 뺀다

중년이 되니 세상 향한 큰소리도 점점 쥐꼬리처럼 줄어드는 것 같고

자연의 시간에 맞추어 넓은 들판의 곡식처럼 고개를 숙이는 것 같다

너의 모습

눈물이 폭포처럼 떨어진다 멀어져 가는 너의 모습을

뒤에 서서 멍하니 보려니 눈물이 폭포처럼 떨어진다

함께 살아갈 거라고 하나밖에 없는 마음을 주었는데

휴지처럼 구기고 점으로 점점 멀어지는 너의 모습에

이럴 줄 알았더라면

어쩌다 이렇게 같은 시대에 그대와 이 세상에 태어나

첫눈에 서로 반하여 세월이 가는 줄 모르고 사랑하다

멀쩡하게 있는 가슴을 찢고 밤새 우는 이별을 하는가

이럴 줄 알았더라면 서로가 다르게 태어날 걸 그랬어

운명의 장난이라 해도 이런 장난은 너무 선 넘었잖아

할 수만 있었다면 나라도 태어나지 말았을 걸 그랬어

봄 여인

구름이 한 점도 없는 파란 하늘을 종달새 높이 날고
길가에 쭉 서 있는 나무들 푸른 옷으로 갈아입는 봄
긴 머리에 가냘픈 허리 바람에 흔들며 가는 저 여인
할 수 있다면 평생 가는 곳까지 함께 걸어가고 싶다

일

더러운 이 세상 떠돌아다니며 살다 더러운 암에 걸려
바둥거려도 아무 소용 없이 죽는 사람이 있는가 하면
견딜 수 없는 고통을 이겨내고 살아가는 사람이 있다
죽은 사람은 이제부터 세상에 할 일 전혀 없어서일까
살아있는 사람은 이 세상에 할 일이 아직 남아서일까
원치 않는 암에 걸려 이런저런 생각에 하루를 보낸다

꿈 2

이제 잊어 달라고 차가운 얼굴로 날 버리고 떠났지만

오늘도 그대 생각에 바쁜 일을 하는지 마는지 끝내고

어두운 밤 집에 돌아와 이부자리를 펴고 전등을 끈다

어서 꿈나라 들어가 종일 그리운 그대를 만나 보려고

정말 만나면 꼭 끌어안고 꿈에서 절대 깨지 않으리라

비록 꿈이지만 남은 세월 후회 없이 알콩달콩 살려면